¡Las chicas al poder!

Para Rachid y Leïla...

Agradezco a Marion Wasinta, asistente de educación en un «collège», su valiosa aportación sobre el horario y el ritmo cotidiano de una clase de sexto de Primaria actual.

A.–M. P.

www.edebe.com

Título original: *Les 3 copines les filles au pouvoir!*

87, quai Panhard et Levassor
5647 Paris Cedex 13/France

Paseo de San Juan Bosco, 62
08017 Barcelona

Dirección editorial: Reina Duarte
Editora: Elena Valencia
© Traducción del francés: Beatriu Cajal

Primera edición, marzo 2011

ISBN 978-84-683-0009-2
Depósito Legal: B. 90-2011
Impreso en España

Anne-Marie Pol

Ilustraciones de Claire Delvaux

¡Las chicas al poder!

edebé

capítulo 1

¡A levantarse!

Lunes 16 de octubre, a las 7.00h.

¡Tilín, tilín, tilín...!

Elise, la vigilante del dormitorio amarillo (el de las chicas de sexto y primero de Secundaria), agita enérgicamente la campanilla de levantarse. Tras las cortinas de los boxes, le responden bostezos y gruñidos de protesta.

–¿Ya?

–¡Oh, no!

–¡Pero si casi no he dormido!

Elise insiste:

–¡En pie, chicas!

Cada mañana pierde más de cinco minutos en despertar a las más perezosas. Vuelve a agitar la campanilla.

¡Tilín, tilín, tilín!

¡Jolín! Fleur vuelve a cubrirse con la funda nórdica por encima de su cabeza. Anaïs ha saltado de la cama, se ha puesto las zapatillas y…

¡Depriiiiiiiisa!

…¡Atrapando su toalla con una mano, esponja y jabón en la otra, corre a la ducha!

En el piso de las «*juniors*» hay ocho duchas para veinte internas. ¡Si una se quiere duchar por la mañana, no es cuestión de retrasarse! Y, aquí o donde sea, la pelirroja nunca se retrasa. ¡Eso no! Entra la primera en la gran estancia pintada de blanco.

En ese instante, Jade da vueltas, con los ojos todavía somnolientos…

Besos.

–Intenta sentarte conmigo en el desayuno, ¿eh…? –le pide Anaïs.

–Si me dejan…

Como no están en la misma clase, les cuesta verse fuera del recreo y hay que encontrar otros momentos.

–¡No te preocupes! ¡Te guardo el sitio!

–De acuerdo! –bosteza Jade.

Cada una entra en una ducha. Las mamparas se cierran. Pronto el agua caliente cae como una catarata. Anaïs canta bajo el agua…

–¡Ho… ho… ha… ha…!

Tiene una voz… ¿Cómo decirlo? ¡No muy afinada!

–¡DEJA DE ROMPERNOS LOS TÍMPANOS! –protesta una interna.

Acaba de entrar en la sala de duchas junto a otras tres o cuatro. A través del cristal empañado, Anaïs ve sus siluetas.

–¡Como si no se pudiera cantar! –protesta.

–Ah, ¿es que tú «cantas»?

–¡Haber avisado!

–No lo sabíamos.

Risas.

¡Esto corta a cualquiera! Anaïs se calla, herida. ¿Quiénes se creen que son estas engreídas? ¡Son las de primero de Secundaria, seguro, con sus aires de superioridad!

Desaparecen en las duchas.

¡Qué descanso!

¿Y Fleur…, por cierto?

De aquí a que llegue tarde…

En su cama, Fleur aprieta con fuerza los párpados.

Detesta el lunes, ese día siniestro.

Cae encima tras el feliz domingo pasado en casa y abre una semana INTERMINABLE.

¡Qué lejos parece el viernes en el horizonte!

Fleur se encoge bajo la funda nórdica.

¿Y si, después de todo, esto fuera sólo un sueño?

No.

Ella no está acostada en un box.

No.

La campanilla no ha sonado.

No.

¡Ella no está interna en Mont-Rose!

Fleur está en su casa, en París, en medio de su manada de fieras de peluche. Coge a tientas a Aristote, su peluche preferido, el que la ha seguido al internado, y se tapa la cara con él. Un vago resto del perfume de Mamá permanece en el pelaje gris del ratón vestido de rosa. ¡Huele a casa! Durante uno, dos, tres segundos, Fleur tiene la sensación de estar allí, todavía.

Por desgracia…

¡Su ilusión explota como una pompa de jabón!

Elise, implacable, acaba de abrir la cortina: ¡raaaaaas!

–No vuelvas a dormirte.

–No creo.

¡En el dormitorio hay mucho jaleo! Y llega hasta las duchas, donde además, se cotorrea y se chismorrea.

–Calma, chicas –suplica en vano la vigilante.

¡Fleur le cierra la cortina en las narices! ¡En serio! ¡No piensa vestirse en público! VERDADERAMENTE, detesta a Miss Reglamento.

En fin.

Se le quedará una cara, cuando Fleur huya de Mont-Rose…

Tiene este proyecto secreto, más o menos vivo según el momento.

Pero el lunes por la mañana, SIEMPRE piensa en ello.

Como Blancanieves, Fleur huye entre los árboles negros; sus largos cabellos forman, tras ella, una cometa de oro…

¡Esto sucederá un día u otro!

Capítulo 2

¡Es la guerra!

7. 30h.

Bajo la mirada del señor Thomas, el joven vigilante gafotas, las internas entran en el comedor para desayunar. A esta hora no hay autoservicio. Sobre las diez mesas redondas (cada una prevista para seis alumnos), hay una cesta de pan llena a rebosar, una jarra de chocolate caliente, mantequilla y mermelada.

Anaïs exclama:

–¡Tengo un ataque de hambre!

–Yo no –murmura Fleur.

El lunes no puede comer nada.

Se sientan alrededor de «su» mesa con Ralph, Gabrielle y Diane, otros alumnos de sexto. Estos asientos se han asignado a cada uno desde el primer día, pero...

–¡Esta última silla es para Jade! –anuncia la pelirroja.

Ralph discute:

–¡No! ¡Es el sitio de Ferdinand!

–¡Bueno, hoy que se vaya con los de primero de Secundaria! –replica Anaïs.

¡Qué idiota es Ralph! Gabrielle o Diane han aceptado más de una vez «saltarse el reglamento» para que Jade desayune con sus amigas. Ferdinand podría hacer lo mismo, ¿no? Además, aquí llega su «invitada». ¡Se desliza rápidamente entre Fleur y Anaïs en el mismo instante en que aparece el otro!

–¿Y yo? –balbucea.

Anaïs se echa a reír.

–«Quien se fue a Sevilla...»

Su refrán no divierte al exiliado, que más bien tiene aspecto de desconcertado.

«Y quien fue a León...», se dice Fleur.

¡A ella no le gustaría verse excluida de este modo! En fin. Allá cada cual con sus problemas. No sirve de nada «insistir», como dice su Mamá.

Por cierto, Mamá...

Fleur olvida rápidamente el caso Ferdinand.

...¿Qué estará haciendo en este instante?

Estos días rueda «El perro que sabía demasiado», un episodio de *Pormenores que matan*, la serie de más éxito en la televisión.

Quizás está ya en maquillaje.

Fleur la imagina desde aquí...

Pequeños toques de maquillaje a golpecitos de algodón, deja de ser «Mamá» para convertirse poco a poco en Jessica Jewel, la estrella, y entonces quizás ya no piensa más en su hija...

–¡TE ESTÁS PASANDO!

Esta voz furiosa devuelve a Fleur al comedor. ¡Esto se está poniendo muy feo!

Ferdinand, el desconcertado, no lo está en absoluto. Sus ojos lanzan chispas.

–Te estás pasando –repite–, este es mi sitio.

Anaïs, la mayor de cuatro hermanos, sabe mostrarse autoritaria.

–¡Cambia de rollo! –le replica–, ¡y apúntate a la mesa de Jade!

–¿Y QUÉ MÁS?

¡Cielos! ¡Si chilla así alertará a Thomas! Jade palidece. Lleva siempre la etiqueta de «alumna perfecta». Quiere conservarla. Sus padres se aferran a ello. Y ella también. Por ellos.

Susurra:

–Bueno-ya-regreso-a-mi-si...

–¡No te muevas! –la intimida Anaïs.

–Ya que estamos así...

Echando la silla hacia atrás, Ferdinand SE SIENTA en las faldas de Jade. O, por lo menos, lo intenta. Ella se defiende. ¡Noooo! Él insiste. ¡Síiiii! Para ayudar a su compañera, Fleur intenta empujar al asaltante. Él la coge por los pelos. ¡Ayyyyy! Ella le suelta. Gritos inarticulados.

Y... ¡Plaff! La silla se cae.

Los dos contrincantes ruedan por el suelo con un ruido infernal.

Se presenta el señor Thomas.

–¿Qué es todo este jaleo?

Jade empieza a llorar, tendida en el suelo. Anaïs ya tiene bastante.

–¡Ferdinand la ha molestado! –chilla.

Este, de rodillas, aúlla:

–¡Mentirosa!

Ralph interviene:

–Él tiene razón, señor. Es Jade la que…

–¡No le escuche, no dice la verdad! –chillan entonces Gabrielle y Diane.

Se han puesto de parte de las chicas. Ferdinand, indignado, brama:

–¡Sucias apestosas!

–¡Cuidado con lo que dices! –le reprende el señor Thomas–. Una palabra malsonante más y te cae una «prohibición de salida» el próximo fin de semana.

¡Maldito Ferdinand!

¿Piensa acusar a Jade, a quien Fleur y Anaïs ayudan a levantar?

–Escuche, señor… –comienza.

Por suerte, el vigilante se ha dado la vuelta: Elise ha aparecido en el otro extremo de la sala. Viene a echarle una mano, como cada mañana. Él vuela hacia ella…

Diane ríe por lo bajo:

–Thomas está enamorado…

Gabrielle se echa a reír.

Los demás no ríen. Intercambian miradas airadas. Seguro de que el señor Thomas no le oye, Ferdinand escupe a Anaïs:

–Insisto y lo firmo: ¡eres una apestosa!

–Y tú, un cretino…, pero yo no lo firmo porque no sabes leer.

¡Qué insulto! Ferdinand, en efecto, balbucea cuando lee.

Las chicas explotan de risa. Él está a punto de llorar. De repente, Ralph sube a la palestra, como el Caballero Blanco.

–Desde este momento os declaramos la guerra –dice con énfasis–. Chicos contra chicas…

–¡Correrá la sangre! –añade Ferdi sorbiéndose los mocos.

Fleur se encoge de hombros.

–¡Qué infantiles sois!

En ese instante, Anaïs tiene una corazonada; llama a media voz:

–¿Jade?

Se ha eclipsado…

capítulo 3

Melancolía(s)

Jade ha regresado a su sitio, en su mesa habitual. En cuanto se ha sentado, tres apestosas de primero se le echan encima. ¿Buscan el defecto de la alumna perfecta, la mejor de la clase?

¡Muy extraño!

–¿Qué hacías rodando por el suelo con un chico? –le pregunta Lucíe.

¡Tiene trece años y muy, muy mala fe!

Jade hunde la cabeza en el bol de chocolate.

«Entonces, ¿me han visto todos?», piensa, y balbucea:

–Me ha atacado.

–Te lo has buscado... ¿Verdad, chicas?

Armande y Gwenola añaden en seguida dos comentarios:

–Es cierto.

–¡Y, además, así aprenderás a estar con los de tu curso!

–El año pasado éramos amigas, ¿por qué ahora nos miras por encima del hombro?

–¡Yo no os miro por encima del hombro! Sólo voy con otras amigas —protesta Jade débilmente.

Lucíe ríe con sarcasmo:

–¿Qué dices? ¡Te gusta Ferdinand!

Y las otras dos se mueren de risa...

–¡Ya lo entendeeeeemos!

–¿El qué...? –responde Jade con voz trémula.

Los ojos se le llenan de lágrimas.

Detesta no sentirse bien y dar impresión de culpabilidad o de no hacer bien las cosas.

Si sus padres la vieran, en este momento, se sentirían decepcionados. Hoy ha dado la nota, en el mal sentido, ella que siempre quiere ser «la mejor».

¡Cielos! ¡Qué vergüenza!

Jade no sabe si podrá ocultarles este episodio horrible. También se plantea una cuestión fundamental: ¿tiene que continuar siendo amiga de Fleur y Anaïs?

Este tema la inquieta.

Admira a Fleur. También quiere mucho a Anaïs. Pero si corre el riesgo de que le hagan quedar mal…

¡Y Jade tiene una de sus crisis!

Sin apetito, va desmigando su rebanada de pan…

Anaïs, por su parte, se siente extrañamente abandonada.

Las chicas se han peleado para ayudar a Jade; pero esta ha callado en lugar de hacer piña con ellas por solidaridad.

De pronto, Anaïs tiene la impresión de estar sola, a pesar de que todos están a su alrededor.

Echa en falta a su numerosa familia. Siente una enorme necesidad de estrechar al bebé Noé en sus brazos…

Y sufre un PROFUNDO ataque de melancolía.

En un internado, esta bestia maligna te ataca cuando menos te lo esperas…

capítulo 4

La soldado Anaïs

8. 10h.

La profesora de francés llegará dentro de cinco minutos.

Los de sexto entran en clase y se instalan bajo la vigilancia de la señorita Keller.

–Qué casualidad –dice la psicóloga–, dos alumnos se retrasan…

–¡Son Ulysse y Salomé!

Sentadas en primera fila, las primas inseparables, Valentine y Maud, han chillado sus nombres al unísono. Han debido de pensar que se trataba de un ejercicio.

Fleur intercambia una mirada elocuente con Anaïs.

«¡Qué torpes!»

¿Hay que informarlas de la «guerra»?

Con la esperanza de obtener una buena nota, hasta son capaces de explicarlo a las autoridades...

Bien.

Ya veremos.

En cuestión de guerra, Anaïs no las tiene todas consigo: ¡está sentada al lado de Ralph! Hasta hoy todo iba bien, pero tal y como están las cosas, en la actualidad, todo cambia. Se encuentra en pleno territorio enemigo, puesto que un pasillo la separa de la «zona de las chicas».

¡La pelirroja no se atreve ni siquiera a volver la cabeza hacia su vecino!

Él ríe sarcásticamente y habla en voz baja con Ferdinand, que se sienta delante. Se burlan de la única chica que se sienta en su zona, seguro. Anaïs se siente fatal.

Fleur también se pone nerviosa.

La amenaza de Ferdi le da qué pensar. ¿Y si algún día la cosa va a más?

Como dice Mamá: «Los hombres son capaces de lo peor».

Y los chicos son hombres..., en pequeño.

Por tanto... ¡ATENCIÓN!

En ese instante, Ulysse se precipita en la clase.

–Eres el hijo del director. Deberías dar ejemplo y llegar el primero.

¡PUM!

La señorita Keller no le ha dado tregua.

¿Se excusará? ¡Eso le gustaría demasiado a esa HORRIBLE Fleur Fontana! Aunque se guarda mucho de mirar hacia su lado, ESTÁ SEGURO de que ella le está observando (con mala idea).

Para impresionarla, replica caballerosamente:

–¡La clase no ha empezado todavía y yo no soy el último!

La prueba: Salomé, alias Bouboule, la única externa de la clase, irrumpe y se deja caer al lado de la «Horrible». Ulysse va a sentarse en su sitio, al lado de Ferdinand, que le desliza un papel donde ha garabateado:

¡Ten cuidado! ¡Estamos en guerra con las chicas!

Ulysse le responde acto seguido:

¡No me dan ninghún miedo! ¡Lla verán!

La soldado Anaïs levanta el brazo repentinamente.

–¿Qué quieres? –pregunta la señorita Keller.

–Cambiar de sitio: me gustaría estar al lado de una chica.

–¿Por qué?

Suspense.

¿Hará pública Anaïs la declaración de guerra?

No. Responde con nobleza:

–Por «conveniencia personal».

Esta expresión (que ha escuchado en la tele) deja fuera de combate a sus adversarios. ¡Tiene clase, la pelirroja!

–Escucha, Anaïs –suspira la psicóloga–, los chicos están en minoría y, por fuerza, alguna chica tiene que sentarse con ellos…

–¿Y por qué tengo que ser yo? ¡Puede ser cualquier otra!

La señorita Keller mira pensativamente a Valentine y a Maud. ¿Separar a las primas que parecen siamesas? ¡No les iría mal del todo! Desgraciadamente, ambas suplican a coro:

–¡No! ¡Nosotras, no! ¡Queremos estar juntas!

–¡Nosotras también! –vociferan Gabrielle y Diane.

Inmediatamente, Salomé, desafiante, apostilla entre las piezas metálicas de su aparato dental:

–¡Yo echtoy muy bien aquí, con Fleur!

Esta no rechista.

Estaba decidida a «sacrificarse». Habría sido un

bonito gesto respecto a su amiga nº 1, pero... puesto que Bouboule se opone...

Fleur ya no se atreve a mirar hacia el lado de Anaïs...

La señorita Keller, divertidamente confusa, duda en tomar una decisión. La señora Ignace, que entra mientras tanto, llega justo a tiempo.

¡UFF!

La psicóloga se eclipsa tras haber susurrado a Anaïs:

–Más tarde volveremos a hablar de tu problema.

Cuando las ranas críen pelo, indudablemente...

Y Anaïs sufre el segundo «ataque de melancolía» de la mañana.

capítulo 5

¡Sorpresas!

¡3, 2, 1, 0!

Es la cuenta atrás.

Ulysse mira cómo la señora Ignace vacía su cartera. Dentro de cuatro segundos, anunciará el suplicio del día: ¡un dictado! ¡Ese espantoso juego sembrado de obstáculos ortográficos..., eeehh..., de *hortografía*... Ah, sí..., ¡de ortografía!

Ulysse vivirá momentos difíciles, llenos de «haches» arriesgadas, de acentos, caídos aquí y allá, de participios irregulares y de palabras mal puestas...

Pero...

–Hoy –declara la profesora– tengo una sorpresa para vosotros: el próximo miércoles habrá elecciones en Mont-Rose.

–¡Guay! –exclama Anaïs.

Como repite curso, ha comprendido perfectamente de qué se trata. Ulysse también (porque su padre le habló de ello ayer noche), pero, desgraciadamente, no tiene tiempo de decir ni una palabra.

–¿Puedo explicárselo a los demás, señora? –suplica con los ojos brillantes Anaïs.

–Te escuchamos.

¡El «ataque» de Anaïs se esfuma inmediatamente!

Pregona:

–Vamos a votar por los delegados al consejo de clase.

–¿Puedes decirnos cuántos delegados se elegirán? –interviene la profesora.

–Un delegado por clase más un suplente.

–Muy bien, Anaïs. ¿Y quién sabe para qué sirve este delegado?

Fleur levanta la mano.

–Representa a los alumnos.

–¡Sirve, sobre todo, para defenderlos! –protesta Ulysse.

La señora Ignace frunce el ceño.

–¡A ver, Ulysse, nadie os ataca!

–¡Pero puede pasar! ¿Y si un profesor dice cosas

malas de un alumno? ¿Eh? ¡El delegado lo defenderá!

La profesora se muestra de acuerdo.

–Por esa razón –precisa Anaïs–, es superimportante ser delegado.

Silencio.

«¿Y si fuera YO?», piensa.

¿Asistir al consejo de clase? ¡GENIAL!

Ya se imagina, segura de sí misma, delante de los profes y dispuesta a hacer de abogada de los malos

estudiantes o de los despistados, porque ella los conoce bien «desde dentro» y cien veces mejor que un adulto, que juzga siempre a los niños «desde fuera».

Anaïs se estremece.

–¡Pensadlo bien! –continúa la señora Ignace–. Los voluntarios presentarán sus candidaturas, vosotros las discutiréis y procederemos a votar con transparencia y amistad.

¿Sólo eso?

¡La profesora no tiene ni idea de que se dirige a una clase en guerra! Los contendientes intercambian miradas turbias.

–No pienso votar por un chico –susurra Gabrielle a Diane.

Ferdinand dice en voz baja a Ralph:

–¿Votar por una chica? ¡Jamás!

–¡Antes, muerto! –añade Ulysse entre dientes.

La señora Ignace se sorprende:

–¿Qué murmuráis? ¿Hay algo que no funciona?

–¡Ya lo creo!

Y Ulysse chilla:

–¡Hay una cosa que nos preocupa, señora!

–¿Cuál?

–Nosotros solamente somos tres y las chicas son siete. ¡Si cada uno tiene un voto, ellas tendrán automáticamente la mayoría!

–¿Y?

–¡Que entonces los chicos serán representados por una chica!

–¿Y dónde está el problema? –pregunta la señora

Ignace fríamente–. Estáis todos en sexto. Punto. Eso basta.

A menudo tiene aires de sargento.

–Ante la ley, sois todos iguales –añade–, ya seáis chicos o chicas. A eso se le llama igualdad de sexos. Procura recordarlo.

Ulysse se queda helado.

No tiene nada que objetar.

Había olvidado completamente que la profe era una mujer.

Tiene la impresión de que, por culpa suya, las «chicas» acaban de hacerse con la primera victoria de la guerra de los de sexto.

En resumen, se siente un tonto de remate.

Para acabar de arreglarlo, la señora Ignace anuncia la sorpresa número dos:

–Ahora, vamos a hacer un dictado.

Si Ulysse pudiese, lloraría. De rabia.

A sus espaldas, Fleur se entusiasma...

¿Qué apostamos?

capítulo 6

¡Buum!

10. 15h, recreo de los *«juniors»*.

Los de primero de Secundaria salen los primeros al jardín. Esta mañana Jade no se ha quedado rezagada, como de costumbre, esperando a Fleur y a Anaïs. ¡Ni hablar! Incluso se da prisa en correr con las demás hasta el final del jardín…

En ese instante, los de sexto huyen al galope.

–¡Ay! –exclama Anaïs–. ¡Después de dos horas de clase, tengo la cabeza como un bombo!

–¡Ah! ¿Pero tú tienes cabeza? –ríe Ferdinand sarcásticamente.

Ja…, ja…, ja…

Los tres chicos se mueren de risa.

–¡Pues claro! –se burla Ralph–. Las chicas tienen cabeza «porque han de acabar por algo…». ¡Lo dijo un pensador!

Ulysse chilla:

–¡BIEN DICHO!

–A ver si repites eso delante de la señora Ignace –le dice Fleur–. Seguro que sabrá apreciarlo.

Ulysse se ha puesto verde. ¡Es la peste esta niña! No se le escapa una. Tiene razón.

–En todo caso, con o sin cabeza –ironiza Diane–, no os votaremos.

–¡NOSOTROS TAMPOCO!

Un silbido del señor Thomas (que vigila el recreo) dispersa a los futuros electores.

–¡Moveos, chicos! –berrea–. ¡Necesitáis desentumecer las piernas!

Dicho y hecho.

Los chicos corren a jugar al fútbol sobre el césped. Las chicas van a saltar a la cuerda cerca de la glorieta. Y Anaïs ve a Jade, más lejos, en plena partida de diábolo, un juego de habilidad muy antiguo que aquí han puesto de moda las de primero.

–¿Vienes, Fleur? –grita la pelirroja–. Vamos a ver a Jade…

Salomé se une a ellas inmediatamente.

–¿Puedo ir con vochotrach?

–Chi quieres… –se burlan ellas.

No es demasiado simpática, pero Bouboule aguanta todas las burlas. Tiene tantas ganas de ser amiga de Anaïs y Fleur… Estas se van corriendo a través del patio y ella las sigue con dificultad.

Cuando las ve pasar:

–¡ENEMIGAS A LA VISTA! –vocifera Ulysse.

Ni a una ni a dos, torpedea a las tres chicas con el balón.

¡BUUM!

Es la última quien recibe el pelotazo en las nalgas y, ¡oohhh!, ¡Salomé cae, con los brazos por delante!

–¡AYYYY!

A los gritos de la víctima, Fleur y Anaïs vuelven rápidamente atrás.

–Chon loch chicoch... –solloza Bouboule.

–Pero bueno..., ¿es que estáis enfermos? –les gritan después de haberla levantado.

Ulysse parece muy apenado. Pero, entre Ralph y Ferdinand, fanfarronea:

–Es la guerra, ¿no?

–¡Pobre estúpido! –le provoca Fleur.

–Y tú, «hija de estrella» de tres al cuarto, ¿quién te crees que eres?

–Alguien mejor que tú, ¡sobre todo en ortografía!

A esto se le llama un golpe bajo.

Fleur explota de risa, las chicas también e incluso los chicos se desternillan..., ¡los muy traidores!

Ulysse se abalanza sobre Ralph.

–¿Piensas dejar de reírte?

Ruedan sobre el césped.

Un estridente silbido del señor Thomas interrumpe su pelea. ¡Cielos! Él lo ha visto todo pero no tiene tiempo de castigarlos: ¡su móvil vibra!

El vigilante deja su silbato para responder (¿Elise?).

Ulysse y Ralph se ponen en pie. Ferdinand recoge el balón.

¡Salvados!

Los tres salen huyendo por detrás de los arbustos.

–¡Ya pueden esconderse! –ironiza Fleur–, que el señor Thomas no les dejará escapar tan fácilmente.

–¡Y hará bien! –añade Bouboule.

Después de esto, las otras chicas de sexto, Gabrielle, Diane y las primas (que se enteran de este modo de la existencia del conflicto) se acercan, se informan, se sorprenden y se indignan…

¡QUÉ MONSTRUOS!

–Tenía razón, ninguno es digno de ser nuestro «delegado» –decreta Gabrielle.

–¡Ni chu chuplente…!

Diane añade con desdeño:

–¡Verdaderamente, estos pobres chicos son demasiado inmaduros!

–¡Hay que arreglárselas sin ellos para las elecciones! –concluye Anaïs–. ¡Eso está claro!

Toma las riendas del asunto.

–¿QUIÉN de vosotras quiere presentarse como «voluntaria»?

Un segundo de vacilación. Las primas balbucean «eh…, eh…», Diane y Gabrielle se dan golpes con el codo y Salomé se informa:

–Decidme, ¿una exchterna che puede prechentar?

–Veamos, Bouboule –protesta Anaïs–. «Ser delegado» es un asunto de internos.

–¿Por qué?

–Porque vivimos aquí, estamos aquí metidos 24 horas de 24.

–Soportamos juntas el internado –añade Diane–, en cambio, tú regresas a casa cada tarde, ¿entiendes?

¡No…, si entenderlo, lo ha entendido! Salomé baja la cabeza. Tiene la impresión de que ser externa no sirve para nada.

–En cualquier caso –sonríe Fleur–, yo ya tengo MI candidata.

En ese instante suena el timbre.

Fin del recreo.

Y Fleur no revela su secreto.

Además, un voto siempre es secreto, así que...

Los de sexto («monstruos» incluidos) y los de primero de Secundaria se alinean en dos filas bien separadas, para entrar ordenadamente en el edificio.

Anaïs susurra:

–¡Con todo esto no hemos visto a Jade!

Esta, a tres pasos, con los de su clase, no les dirige ni siquiera un «yuju».

–La encuentro un poco rara –murmura Fleur–. Durante el recreo tendría que haber venido a hablar con nosotras.

Anaïs tiene que admitirlo.

Fleur se muerde el labio inferior y precisa:

–¡Después de todo, estamos en guerra por ella!

Es verdad pero...

–¡Hay cosas más importantes que las tonterías de Jade! –dice Anaïs.

Francamente, ante la perspectiva de las elecciones, ha perdido completamente la chaveta...

capítulo 7

Fleur, agente secreto

Entre la clase de inglés y la de mates, las chicas han chismorreado, murmurado, discutido…

¿Un día y medio para conseguir la victoria? ¡Será suficiente!

Si saben organizarse.

AUNQUE…

Hay que celebrar una «reunión política». ¡Esto no está ganado!

En el estudio, ELLOS escuchan…

En el recreo, ELLOS atacan…

En el comedor, ELLOS están demasiado cerca…

Por la noche, durante la hora de descanso, en la sala de la televisión, se arriesgan a que ELLOS las oigan…

Por lo tanto, si quieren ganar las elecciones,

¿cómo escapar a los oídos indiscretos de los chicos?

Las chicas han reflexionado sobre esta cuestión,
¡y ha sido Fleur la que ha encontrado la solución!
Para sus deliberaciones,
hay un lugar prohibido para estos
«alcornoques»...
La víspera del gran día, allí se encontrarán
y de su conspiración, NADA sabrán...

Martes noche, a las 21.00h.

Precedidas por Miss Reglamento, las de sexto y primero de Secundaria suben a su dormitorio. Anaïs está como una moto. La megarreunión será dentro de una hora, AQUÍ, en el dormitorio, cuando Elise haya apagado las luces y haya «emigrado» a su habitación.

Ante esta perspectiva, Fleur tiene ganas de reír, o de bailar...

El único lugar de Mont-Rose donde los chicos no pueden poner los pies es el dormitorio de las chicas... ¡Había que tenerlo en cuenta! Está verdadera-

mente contenta de su idea. A fuerza de ver a su madre interpretando a una mujer policía, Fleur tiene maneras de agente secreto.

Dicho esto, el quid de la cuestión es: ¡la vigilante! Su habitación es la contigua a la de ellas. Si Elise se entera de esta reunión nocturna, todo puede complicarse.

«Queda terminantemente prohibido hablar o circular por el dormitorio después de que se hayan apagado las luces» (artículo 3 del reglamento).

Bien.

Quien no se arriesga..., ¿verdad?

Fleur acaricia el hocico negro de Aristote para que le dé suerte.

En el box contiguo, Anaïs tiene un repentino ataque de melancolía. Jade no está al corriente de su conspiración. ¡Es una lástima! Aunque esté en otro curso, debería haberlo sabido pero, «teniendo en cuenta sus aires de ayer», Fleur ha preferido que no participe en su conspiración...

Un agente secreto debe ser así: duro e intransigente.

Sin titubeos.

Anaïs tiene quejas.

Suspira profundamente...

22.00h.

–Buenas noches, chicas –dice Elise desde la esquina–. Que durmáis bien.

¡Clic!

Ha pulsado el interruptor.

Está oscuro.

A lo lejos, la campana de la iglesia de Vieux-Bourg tañe diez golpes cristalinos…

capítulo 8

Las conspiradoras

En sus camas, las chicas aguantan la respiración…

La vigilante cierra la puerta de cristal.

…Y las seis chicas empiezan a contar en voz baja hasta 50.

¿Por qué 50?

¡Porque es el tiempo necesario para que Miss Reglamento llegue a su habitación, abra la puerta con llave, se siente sobre su cama y saque su teléfono móvil!

Desde el principio de curso, las internas han interiorizado las costumbres de Elise. Cada noche, a las 22.00h, llama a alguien por teléfono. Se escucha (vagamente) a través de la puerta…

¡…48, 49, 50!

Anaïs retira su funda nórdica, pone los pies en el suelo y se desliza a la cama de Fleur. Sentada a los pies de su cama, con una linterna (encendida) en la mano, su compañera murmura:

–Así las chicas no se equivocarán de box.

–¿Y si alguien más ve la linterna?

Fleur se encoge de hombros.

–Mientras no se trate de Miss Reglamento...

Dejan escapar una risita.

¡Es divertido convocar una reunión secreta en plena noche! Fleur agita el haz de luz para guiar a Diane, Gabrielle y las dos primas.

Pronto las seis conspiradoras se hallan al completo; se apretujan sobre la cama. Fleur apaga la linterna.

–Veamos –susurra Anaïs–, necesitamos una «cabeza de lista», si no, no machacaremos a los «alcornoques». ¿QUIÉN quiere ser voluntaria?

–¡Yo! –susurra Gabrielle.

–¡Yo! –susurra Diane.

–Yo voto por Maud –susurra Valentine.

–Y yo –susurra Maud– voto por Valentine.

Fleur abre unos ojos como platos, en la oscuridad.

¡Dios mío! ¡Qué imbéciles!

–¡No habéis entendido nada! Necesitamos UNA CANDIDATA. SOLAMENTE UNA.

Como la situación se vuelve espinosa, se ve obligada a revelar su voto:

–¡Yo apuesto por ANAÏS!

Esta se ruboriza de felicidad en la oscuridad.

–Y yo, por Fleur –balbucea precipitadamente.

¡Si pretende ser «elegida», le parece verdaderamente indecente «autoelegirse»!

–¡No seas idiota! –le espeta su compañera–. Ya tienes dos votos, el tuyo y el mío.

Fleur reprende a las demás:

–¡No penséis en vosotras, votad a Anaïs!

–Pero yo tengo muchas ganas de ser delegada... –refunfuña Diane.

Fleur le asesta:

–«Hay que saber sacrificarse por el bien común...»

Esta magnífica réplica –tomada de la serie de televisión de Jessica Jewel– produce su pequeño efecto...

–Tienes razón –murmuran las conspiradoras.

«La agente secreto» se aprovecha en el acto de su ventaja y ordena:

–¡Ahora, vamos a jurar todas que votaremos a Anaïs!

Las de sexto, a una sola voz:

–Lo juro.

Jade no consigue dormirse.

Se queda petrificada en el fondo de la cama. A través de su cortina ve una extraña luz que se enciende y se apaga…

Tiene miedo.

No cree en fantasmas, ni en fuegos fatuos. No importa. De repente, se acuerda de historias que le contaron cuando era pequeña, allí, en aquel país donde sus padres fueron a buscarla…

La oscuridad está poblada de espíritus –parece ser–, de genios, de duendes retorcidos…

¿Cómo se llaman?

Jade tiene un nudo en la garganta. Se llaman, se llaman, se llaman…

¡Los «makouis»!

Esta noche están aquí, escondidos… Hablan en voz baja…

¡Los «makouis»!

Y entonces empieza a chillar…

capítulo 9

El pequeño mundo de Jade

En medio de la oscuridad se escuchan, aquí y allá, algunas protestas adormiladas.

Cesan los gritos.

Las seis chicas se han levantado.

¿Quién ha gritado así?

–Venía del rincón de Jade... –susurra Anaïs.

Nadie la escucha.

Las conspiradoras huyen ya hacia sus territorios como conejos asustados. ¡Miss Reglamento va a desembarcar! Es cuestión de segundos. Se aloja en la habitación contigua para intervenir en caso de problemas, evidentemente.

Fleur se esconde bajo la funda nórdica junto a Aristote. Anaïs corre a la cama, pero...

¿Y si realmente es Jade?

¡No puede dejarla en el rincón!

Olvidando al instante que su compañera la trata fríamente (como el hielo, incluso) desde ayer, entra a tientas en su box.

–¿Jade? –pregunta a media voz.

La oye llorar.

–¿Qué te ha pasado?

–Tengo mucho miedo –solloza Jade.

–¿De qué?

Jade se endereza un poco. Anaïs no ve más que una frágil sombra encogida, y se sienta a su cabecera.

–No sé cómo explicártelo –balbucea Jade–. He tenido la impresión de estar todavía allí, abandonada...

Silencio.

Anaïs está paralizada.

Su amiga es «adoptada», bien, de acuerdo, lo adivinó el primer día, pero Jade nunca había hablado de ello.

–Escucha –murmura–, ya no estás «abandonada», tienes muchas amigas...

¡Qué amable es Anaïs!

Jade se avergüenza repentinamente de su actitud respecto a Fleur y, sobre todo, respecto a Anaïs, que ahora está con ella. Hay veinte chicas en el dormitorio y ella es LA ÚNICA que se ha acercado...

–¡Tú eres una auténtica amiga! –afirma Jade.

En ese instante, se abre la puerta del dormitorio. Las dos chicas callan. El corazón de Anaïs late apresuradamente.

¡He aquí a Miss Reglamento!

Si la llega a pillar...

También va armada de una linterna. La vigilante recorre el dormitorio con la luz de la linterna de derecha a izquierda, de un extremo al otro.

Ningún ruido.

Finalmente, ninguna preocupación... ¡¡UFF!! Elise se marcha. En cuanto cierra la puerta, Anaïs susurra a Jade:

–¡Venga..., que duermas bien!

–Tú también. Y hasta mañana, ¿verdad?

Las dos compañeras se separan.

Jade sonríe, en la noche. Ya no siente miedo. Los «makouis» han desaparecido.

Anaïs regresa a su cama.

Una vez, dos veces, se repite esta bonita frase: «Tú eres una auténtica amiga…».

Y se duerme.

capítulo 10

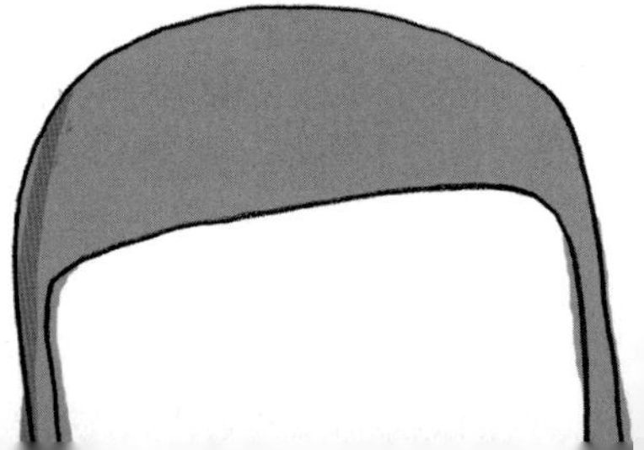

«¡Vota por...!»

Miércoles por la mañana.

Fleur echa un vistazo a su reloj.

9.07 h.

Dentro de tres minutos la clase de inglés habrá terminado y será seguida por la de francés y…

¡LA SEÑORA IGNACE PROCEDERÁ A LA VOTACIÓN!

¡Suspense!

Es como para dejar los verbos irregulares que, desde el principio de curso, el señor Christopher Smith trata de enseñarles.

Poor teacher!

Es muy joven, muy tímido, se ruboriza a la mínima…

«…¡Y superdivertido de dibujar, con sus greñas rojas y sus gafas redondas!», se dice Ulysse.

¡Mientras finge que copia estos famosos verbos irregulares, le caricaturiza a su modo, enseña el boceto a Ferdinand, que se parte de risa antes de pasárselo a Ralph, que también se ríe! ¡Hacen el imbécil a cinco minutos de una votación superimportante...! Anaïs se escandaliza porque adora al profe de inglés... ¡por solidaridad capilar!

–¡Sois más tontos que hechos de encargo! –les lanza a media voz.

–*What's happening, miss Perrot?* –pregunta entonces Christopher Smith.

¡Oh, oh, oh!

Anaïs se ruboriza como nunca, pero...

¡Riiiiiiiiinnnngggg!

¡El timbre de final de la clase! El profe no insiste. Coloca los libros y papeles en su cartera a una velocidad supersónica y se va.

A las 9.15h, los de primero de Secundaria le esperan en el aula contigua.

Good luck!

–Entoncech, ¿votamoch por Anaïch? –cecea Salomé al oído de Fleur–. ¿Ech echto?

–¡Te lo he dicho tres veces!

–Hubiera preferido votar por ti, ¿chabech?

–Mejor que obedezcas la «consigna».

¡Esperemos que las chicas se conformen! Fleur tiene uno de sus ataques de nervios...

Para distraerse, añade una florecilla suplementaria al cuadro hiperdecorado de su horario...

La señora Ignace hace su entrada en medio de un silencio sepulcral.

Sostiene una cesta de pan (vacía), que coloca sobre su mesa: ¡la urna de votación!

–Vamos, pues, a proceder a la elección del delegado de sexto –dice la profe con énfasis.

Las mejillas de Anaïs están al rojo vivo, se le doblan las rodillas y el corazón le late al galope.

¿Y SI NO VOTAN POR ELLA…?

¡OH! ¡SERÍA HORRIBLE!

–Cada uno de vosotros –continúa la señora Ignace–, escribirá el nombre que elija en un pequeño trozo de papel, lo doblará en cuatro y lo depositará en «la urna»…

Los alumnos obedecen.

Las «papeletas» caen, una a una, en la cesta, con un pequeño ruido. Cuando se ha terminado, la profe llama a Salomé a la pizarra:

–Tú escribirás los nombres de los candidatos en la pizarra a medida que vayan saliendo de la urna…

Bouboule, radiante, se arma de una tiza.

«Vamos a aplastar a los tres alcornoques…»

La señora Ignace desdobla el primer papel.

–Anaïs…

Salomé escribe este nombre con una letra ENORME

y añade un palito INMENSO a su lado. La profesora exclama:

–¡Deja un poco de espacio para los demás, por lo menos!

«¡No habrá otros!»

La sonrisa de Salomé brilla.

Anaïs... ¡2 votos!

Anaïs... ¡3 votos!

Las chicas tienen ya el color de la victoria en las mejillas y los chicos están verdes.

Y la señora Ignace desdobla el cuarto papel.

Ulysse... ¡1 voto!

La sonrisa de las chicas desaparece; la de los chicos aumenta.

Ulysse... ¡2 votos!

Anaïs siente un escalofrío. Fleur tiene la boca seca. ¡No es posible! Se han puesto de acuerdo... también. Votan por un solo candidato... también. La prueba: Ulysse obtiene un tercer voto.

¡Ostras! ¡3 a 3!

Chicas y chicos están empatados. Esto pone a Fleur la piel de gallina. Ahora es imprescindible que las electoras mantengan su promesa porque, si no..., ¡pobre Anaïs!

Suspense.

La señora Ignace desdobla la papeleta siguiente.

–Valentine...

Después, otra.

–Maud...

¡Oh! ¡NO!

Anaïs tiene la impresión de que se le cae el techo encima. Lo habían jurado. Su cambio de opinión es

vergonzoso. ¡Las dos primas son dos mentirosas, unas hipócritas, unas memas!

Pero la profe repesca las dos últimas papeletas del fondo de la urna.

Resultado:

Anaïs... ¡4 votos!

Anaïs... ¡5 votos!

Salomé traza los palitos con tanto entusiasmo que parte la tiza en dos.

¡GUAU!

Ha ganado la candidata de las chicas. ¡Ah...! Realmente, ellas son las más fuertes.

PERO...

La señora Ignace felicita a TODA la clase.

–Ha sido un excelente escrutinio –dice–. Prueba que las chicas pueden votar por los chicos y los chicos por las chicas, ¿verdad?

¡Huy!

No ha entendido que había dos bandos que estaban «en guerra».

–Y yo propongo –añade– que aplaudáis todos a vuestra delegada y a su suplente...

Los electores obedecen al instante.
Anaïs y Ulysse sonríen.
Hacer las paces...
¿No sería una buena idea?

(Continuará)

abc...

La autora

¡Yo también estuve interna durante cuatro años! Este recuerdo me ha permitido imaginar a las heroínas de Mont-Rose. Fleur, Anaïs, Jade, Salomé (y las otras) se parecen mucho a las compañeras que tuve. Se llamaban Martine, Daisy, Brigitte, Sylvie y Denise. Estábamos internas en un gran castillo... ¡donde no había ni un solo chico! En las horas de estudio, yo me inventaba historias en las que había guapos caballeros. ¡Me habría encantado tener un amigo como Ulysse! Y ahora, cuando escribo las aventuras de las 3 amigas, me divierto mucho enfrentando a mi «amigo» con estas «pequeñas y terribles mujercitas»...

www.annemarie-pol.fr

La ilustradora

Yo no estuve nunca interna, pero mi hermana sí, durante todo el bachillerato, y nos ha explicado mil divertidas anécdotas. Naturalmente, me he inspirado en ellas para ilustrar *Las 3 amigas.* Aunque también he recurrido a mis recuerdos: ¡a la edad de Fleur, Anaïs y Jade yo iba al colegio en Estados Unidos! Teníamos una biblioteca enorme y me encantaba leer. También me acuerdo de que dibujábamos mucho en clase. Sin duda, la mezcla de todo ello ha contribuido a que me guste ilustrar historias... ¡Y eso es lo que hago desde hace algunos años, siempre con el mismo placer!

Horario escolar

Título publicado:

El internado Mont-Rose.

Es el principio de curso en el internado Mont-Rose.

Fleur está desesperada porque no le gusta su nuevo colegio. ¡Parece una prisión! Así que, nada más llegar, decide fugarse... ¿Lograrán impedírselo sus nuevas compañeras, Anaïs y Jade?

Volverás a encontrar
a Fleur, Anaïs y Jade en...
«El abominable hombre de las mates»